Ludo

3. Enquêtes et squelettes

par Bailly
Mathy
& Lapière
couleurs : Francesca

Dupuis

Dépôt légal : janvier 2000.
D. 2000/0089/9
ISBN 2-8001-2917-4

Imprimé en Belgique.

ALT O POU
mode

Castar

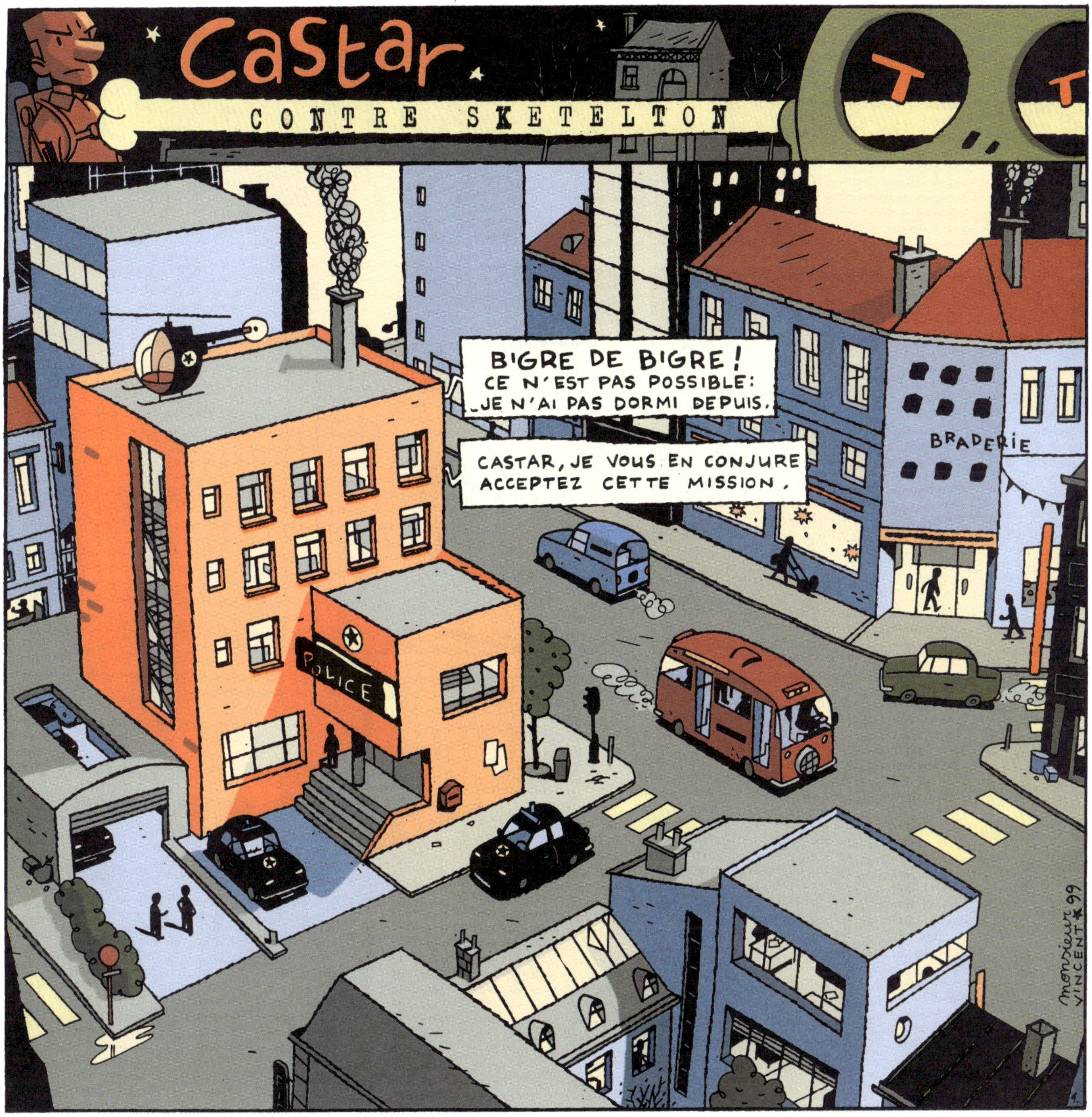
Castar
CONTRE SKETELTON
B'GRE DE B'GRE ! CE N'EST PAS POSSIBLE: JE N'AI PAS DORMI DEPUIS.
CASTAR, JE VOUS EN CONJURE ACCEPTEZ CETTE MISSION.
BRADERIE
POLICE
monsieur VINCENT 99

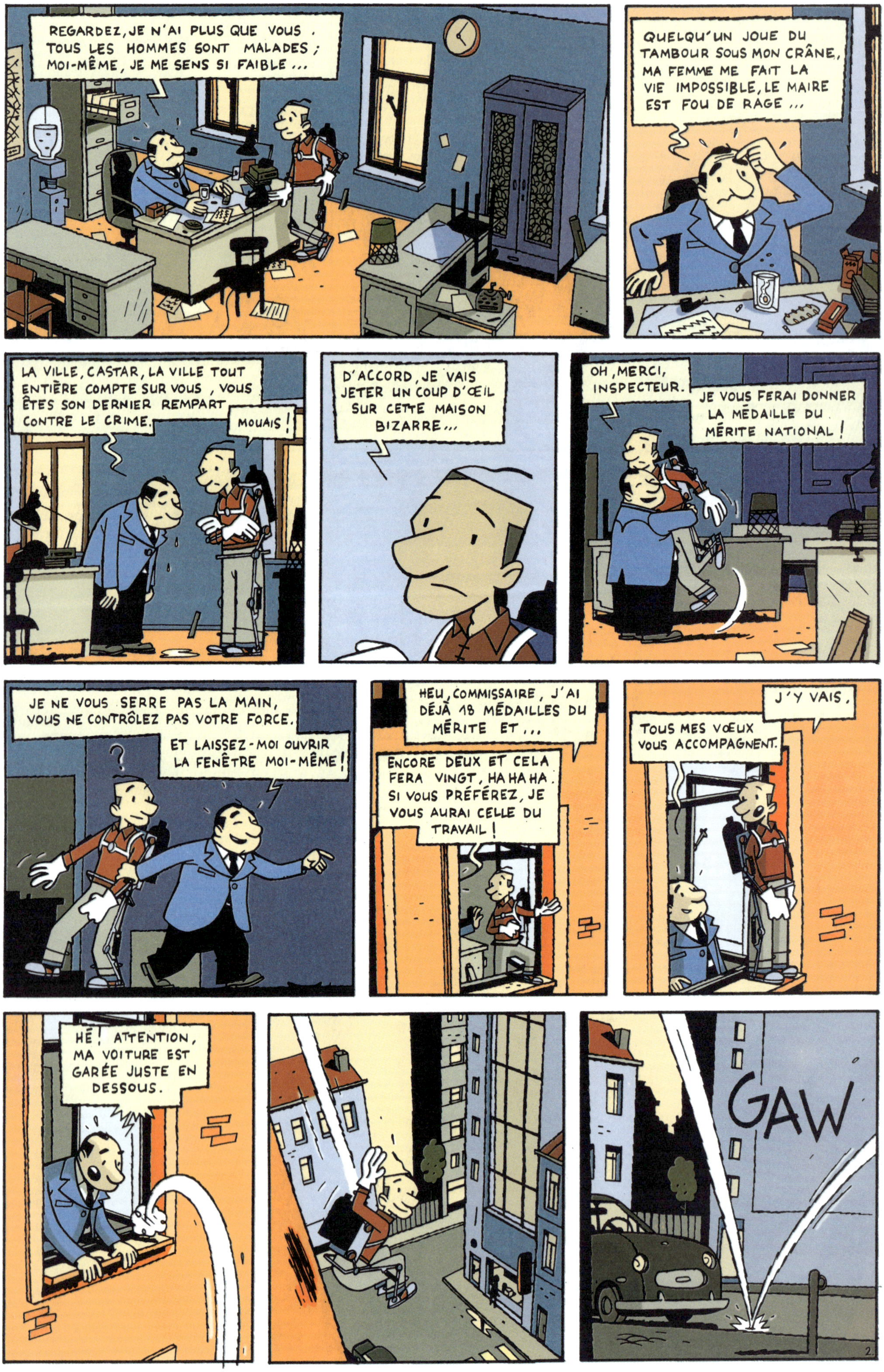
REGARDEZ, JE N'AI PLUS QUE VOUS. TOUS LES HOMMES SONT MALADES ; MOI-MÊME, JE ME SENS SI FAIBLE...
QUELQU'UN JOUE DU TAMBOUR SOUS MON CRÂNE, MA FEMME ME FAIT LA VIE IMPOSSIBLE, LE MAIRE EST FOU DE RAGE...
LA VILLE, CASTAR, LA VILLE TOUT ENTIÈRE COMPTE SUR VOUS, VOUS ÊTES SON DERNIER REMPART CONTRE LE CRIME.
MOUAIS !
D'ACCORD, JE VAIS JETER UN COUP D'ŒIL SUR CETTE MAISON BIZARRE...
OH, MERCI, INSPECTEUR.
JE VOUS FERAI DONNER LA MÉDAILLE DU MÉRITE NATIONAL !
JE NE VOUS SERRE PAS LA MAIN, VOUS NE CONTRÔLEZ PAS VOTRE FORCE.
ET LAISSEZ-MOI OUVRIR LA FENÊTRE MOI-MÊME !
HEU, COMMISSAIRE, J'AI DÉJÀ 18 MÉDAILLES DU MÉRITE ET...
ENCORE DEUX ET CELA FERA VINGT, HA HA HA. SI VOUS PRÉFÉREZ, JE VOUS AURAI CELLE DU TRAVAIL !
J'Y VAIS.
TOUS MES VŒUX VOUS ACCOMPAGNENT.
HÉ ! ATTENTION, MA VOITURE EST GARÉE JUSTE EN DESSOUS.
GAW

C'EST BON, VOUS AUTRES !
VIVE CASTAR, HA HA HA !
OÙ EN ÉTIONS-NOUS ?
CINQ À TROIS, COMMISSAIRE !
C'EST UNE BÉNÉDICTION QU'IL SOIT COINCÉ DANS LE MULTIPLICATEUR DE FORCE DU PROFESSEUR BENJAMIN...
MAIS QU'ADVIENDRA-T-IL QUAND LE PROFESSEUR SE RÉVEILLERA DE SON COMA ?
VOYONS, MES AMIS, VOYONS : JE LUI PARLERAI...
LE PROFESSEUR BENJAMIN EST TRÈS SENSIBLE AUX MÉDAILLES DU MÉRITE SCIENTIFIQUE
SLAM !
?
Castar
ALORS, MON CHÉRI ?
3

JE N'AI PAS LA PLACE.
ILS DISENT QU'ILS GARDENT NÉANMOINS MA CANDIDATURE EN RÉSERVE ... MAIS ILS DISENT TOUS CELA ...
BAH ... TU AURAS D'AUTRES OCCASIONS ...
JE L'ESPÈRE BIEN ...
EN ATTENDANT, JE CONTINUE DANS LA POLICE.
OUF !
VOICI DONC LE CADRE DE CETTE AFFAIRE DE DISPARITION MYSTÉRIEUSE.
BIGRE ! C'EST LUGUBRE !
!?
BIENVENUE, INSPECTEUR, JE VOUS ATTENDAIS !

ALORS ?...
QUELLE EST DONC CETTE MACHINE DANS LAQUELLE VOUS ÊTES COINCÉ ?
CECI ?... C'EST UN EXOSQUELETTE !
VOUS DITES ÇA POUR ME FAIRE PLAISIR ?
HA HA HA
HAAYYYAAA !
TCHINK
DRIiiiiNG !
J'Y VAIS.
FUGAZZI ?
DÉSOLÉ, VICTOR,... JE SAIS QUE TU ES EN CONGÉ AUJOURD'HUI, MAIS J'AI UN ORDRE DE MISSION.
UNE DISPARITION DÉCLARÉE PAR GRÜBER & SHON, TU VOIS LE GENRE...
5.

KLIIIINK
TCHINK
?
KLONK
BLANK
... UN TRUC COMME DES DESSINS ANIMÉS, JE CROIS.
VINCENT ? ÇA NE SERAIT PAS PLUTÔT UN DESSINATEUR DE BANDE DESSINÉE ?
JE NE SUIS PAS UN ENNEMI COMME LES AUTRES, CASTAR !
JE SUIS SKETELTON !

ET JE SUIS INVINCIBLE, PARCE QUE JE SUIS... DÉJÀ MORT! HA HA HA!
C'EST ÇA! L'INSPECTEUR CASTAR!
!?
LE DESSINATEUR DE CE TRUC A DISPARU DEPUIS PLUS DE DEUX MOIS.
PERSONNE N'A DE NOUVELLES DE LUI. C'EST LA PANIQUE CHEZ L'ÉDITEUR!
ILS VONT DEVOIR ARRÊTER LA PUBLICATION.
QUOI?!
LUDO! DIS D'ABORD BONJOUR!
'JOUR, SERGENT FUGAZZI.
VOUS ALLEZ LE RETROUVER, HEIN ?
ON VA ESSAYER, GAMIN... C'EST NOTRE MÉTIER!
JE VIENS AVEC VOUS!
EH BIEN...
HEU...
NON, LUDO!!
M'EN FICHE! J'IRAI QUAND MÊME!
NON.
TU NE FERAIS QUE LES GÊNER DANS LEUR TRAVAIL.
C'EST PAS VRAI! JE PEUX FAIRE DES TAS DE CHOSES! ET JE CONNAIS BIEN CASTAR ET ...
LUDO! INUTILE DE DISCUTER!
DRIIIIING!
TIENS! BONJOUR, DAVID!
'JOUR, M'SIEUR. LUDO EST LÀ ?
DAVID! DAVID!
WOUAH! WOUAH!

LE DESSINATEUR DE CASTAR A DISPARU!
!?
TU TE RENDS COMPTE ? S'IL EST MORT, S'IL A EU UN ACCIDENT OU UNE GRAVE MALADIE OU QU'UN VOLEUR L'A TUÉ, Y AURA PLUS JAMAIS DE CASTAR !!
SLURP
PLUS JAMAIS D'AUTRES HISTOIRES DE CASTAR
PLUS JAMAIS! PLUS RIEN! FINI !
IL FAUT FAIRE QUELQUE CHOSE! MON PÈRE ET LE SERGENT FUGAZZI VONT PARTIR À SA RECHERCHE !
VOUS ALLEZ LE R'TROUVER, M'SIEUR?
?
GAMIN, JE FERAI TOUT CE QUE JE PEUX .
JE SUIS PRÊT!
POLICE
SLURP
À CE SOIR.
SOYEZ PRUDENTS.
SLAM
MOI, JE ME DISAIS, CASTAR, AVEC SON MULTIPLICATEUR DE FORCE, IL PEUT RIEN LUI ARRIVER ...
ET MAINTENANT, IL VA PEUT-ÊTRE DISPARAÎTRE À TOUT JAMAIS ...

ET SI LE DESSINATEUR ÉTAIT SIMPLEMENT... JE NE SAIS PAS, MOI... TOMBÉ D'UNE ÉCHELLE DANS SA CAVE ?...
ET QU'IL SERAIT PARALYSÉ OU QUELQUE CHOSE COMME ÇA ?
OUAIS ...
SI C'EST DEPUIS DEUX MOIS ...
CLIC
ET PUIS S'IL EST PARALYSÉ, IL NE PEUT PLUS DESSINER ! J'ESPÈRE BIEN QUE C'EST AUTRE CHOSE ...
TU VEUX BIEN TENIR, STOOMY ?
IL A ENCORE RENVERSÉ LE TERRARIUM DES CRAPAUDS ?
ATTENTION, J'OUVRE LA PORTE !
WOUAH ! WOUAH
KWÂAK !
OUPS !
KWAAK !
!
WOUAH WOUAH WOUAH
KWÂK
KWÂK
TV
ET SI C'ÉTAIT PARCE QU'IL N'AVAIT PLUS D'IDÉES ET QU'IL FAISAIT UNE DÉPRIME ?
KWÂÂK !
ET ALORS ?
TU SAIS, LES DÉPRIMES, ÇA TE REND BIZARRE ! J'EN SAIS QUELQUE CHOSE AVEC MON PÈRE ...
WOUAH
TU VEUX DIRE QU'IL POURRAIT S'ENFERMER CHEZ LUI ? FUIR TOUT LE MONDE, ET NE PLUS RÉPONDRE AU TÉLÉPHONE ?
BIGRE ! ...
WOUAH ! WOUAH !
9

SI C'EST LE CAS, MON PÈRE ET FUGAZZI VONT LE RETROUVER FACILEMENT.
ET VOILÀ LE DERNIER.
WOUAH!
ET TOI, SI TU LES RENVERSES ENCORE, JE TE FICHE AU PLACARD POUR QUINZE JOURS! COMPRIS ?!
ALLEZ, OUSTE!
J'VAIS TE DIRE, IL Y A DES MOMENTS OÙ JE PENSAIS QUE CASTAR EXISTAIT VRAIMENT, QU'IL ALLAIT ENTRER DANS MA CHAMBRE ET PARLER AVEC MOI...
... DE SAVOIR QUE C'EST JUSTE UN DESSINATEUR QUI LE FAIT PARLER ET BOUGER...
ÇA FAIT DRÔLE, HEIN ? ...
KWÂK!
IL HABITE NOTRE VILLE EN PLUS...
T'IMAGINES?... ON L'A PEUT-ÊTRE DÉJÀ CROISÉ...
JE ME DEMANDE LA TÊTE QU'IL A ?...
TROIS PERSONNES ONT MYSTÉRIEUSEMENT DISPARU DANS CETTE RUE... C'EST VOUS, N'EST-CE PAS ?...
J'AVOUE... C'EST MOI...
VOUS VOULEZ LES VOIR ?... VENEZ... SUIVEZ-MOI...

ILS SONT TOUT PRÈS...
CLIC
ALORS, C'EST ÇA, CASTAR? QUELLE DÉCEPTION!
C'EST VRAIMENT TROP FACILE DE...
GAW
GAW?
SAINTE MOELLE!!!
VOTRE MACHINE EST FORMIDABLE! IL ME LA FAUT!
VOUS N'ÊTES PAS EN POSITION DE NÉGOCIER. OÙ SONT LES GENS QUE VOUS AVEZ KIDNAPPÉS?
JE SUIS UN SQUELETTE, CET ENGIN EST UN EXO-SQUELETTE, NOUS SOMMES FAITS L'UN POUR L'AUTRE!
11.

RÉPONDEZ À MA QUESTION !
JE VOUS LES ÉCHANGE CONTRE VOTRE MACHINE.
PAS DE MARCHANDAGE !
BAF
BLAM
?
BLAF
ALORS ? TU L'AS VU ?
?
NON... IL SEMBLE QU'IL N'Y AIT PERSONNE... LES VOISINS NE L'ONT PAS VU DEPUIS LONGTEMPS, ET SA BOÎTE AUX LETTRES DÉBORDE DE COURRIER... DE L'IMMEUBLE D'EN FACE, ON NE VOIT RIEN BOUGER CHEZ LUI...
POLI
IL N'A PAS DE FAMILLE, LES GENS DE SON IMMEUBLE DISENT QU'IL EST TRÈS RÉSERVÉ, QU'IL NE PARLE PAS BEAUCOUP...
VOUS ÊTES ENTRÉS DANS L'APPARTEMENT ? ...

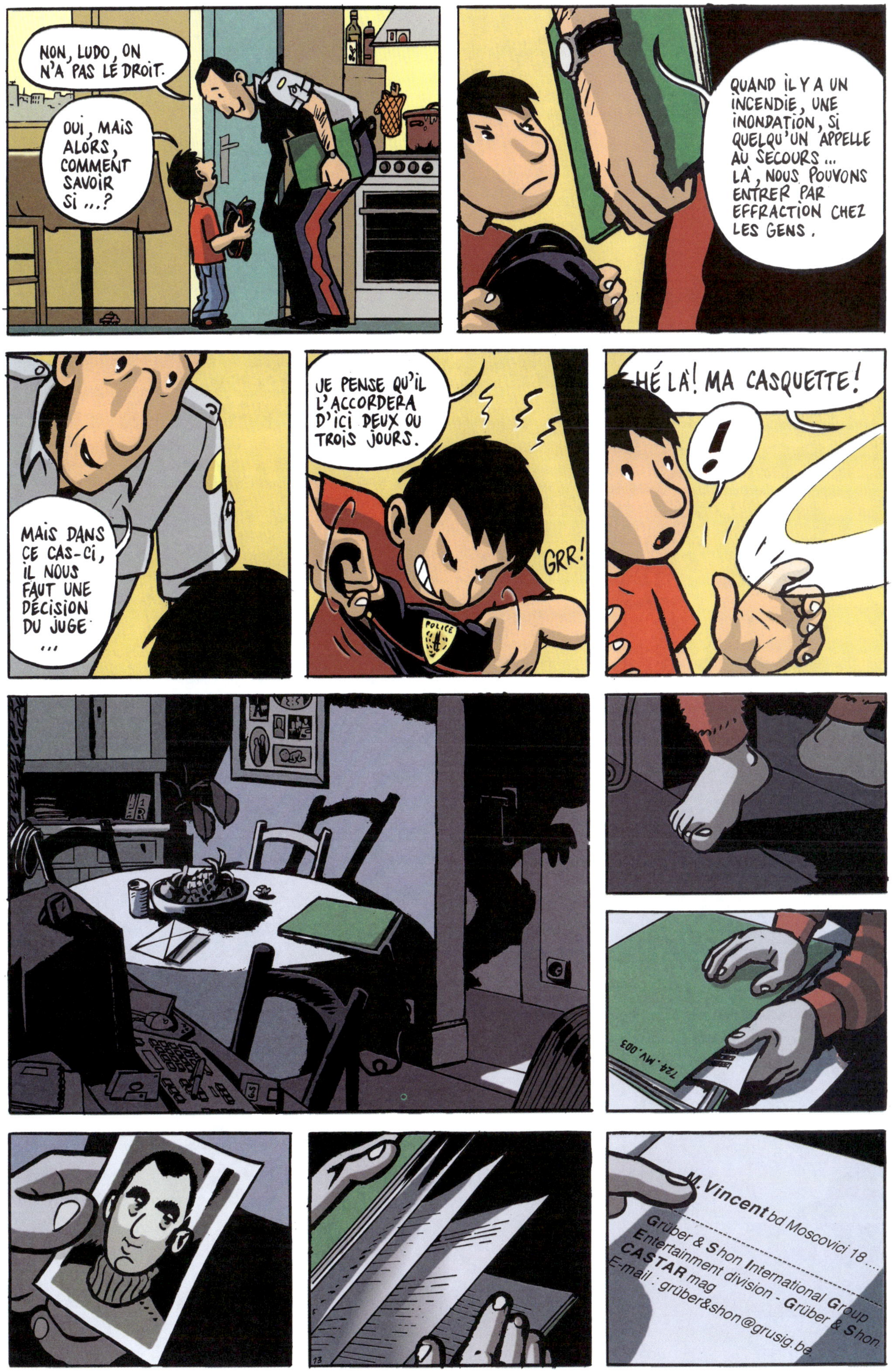
NON, LUDO, ON N'A PAS LE DROIT.
OUI, MAIS ALORS, COMMENT SAVOIR SI ...?
QUAND IL Y A UN INCENDIE, UNE INONDATION, SI QUELQU'UN APPELLE AU SECOURS ... LÀ, NOUS POUVONS ENTRER PAR EFFRACTION CHEZ LES GENS.
MAIS DANS CE CAS-CI, IL NOUS FAUT UNE DÉCISION DU JUGE ...
JE PENSE QU'IL L'ACCORDERA D'ICI DEUX OU TROIS JOURS.
GRR!
POLICE
HÉ LÀ! MA CASQUETTE!
!
724.MV.003
M.Vincent bd Moscovici 18 ...
Grüber & Shon International Group
Entertainment division - Grüber & Shon
CASTAR mag
E-mail : grüber&shon@grusig.be

JACK
CASTAR
Castar
Castar
M'MAN ! JE VAIS JOUER DANS LE PARC AVEC DAVID !
VOUS TRAVERSEZ LA RUE DANS LE PASSAGE POUR PIÉTONS, CETTE FOIS !
OUI, OUI, PROMIS !
LA FOIS DERNIÈRE, VOUS ME L'AVIEZ PROMIS AUSSI !

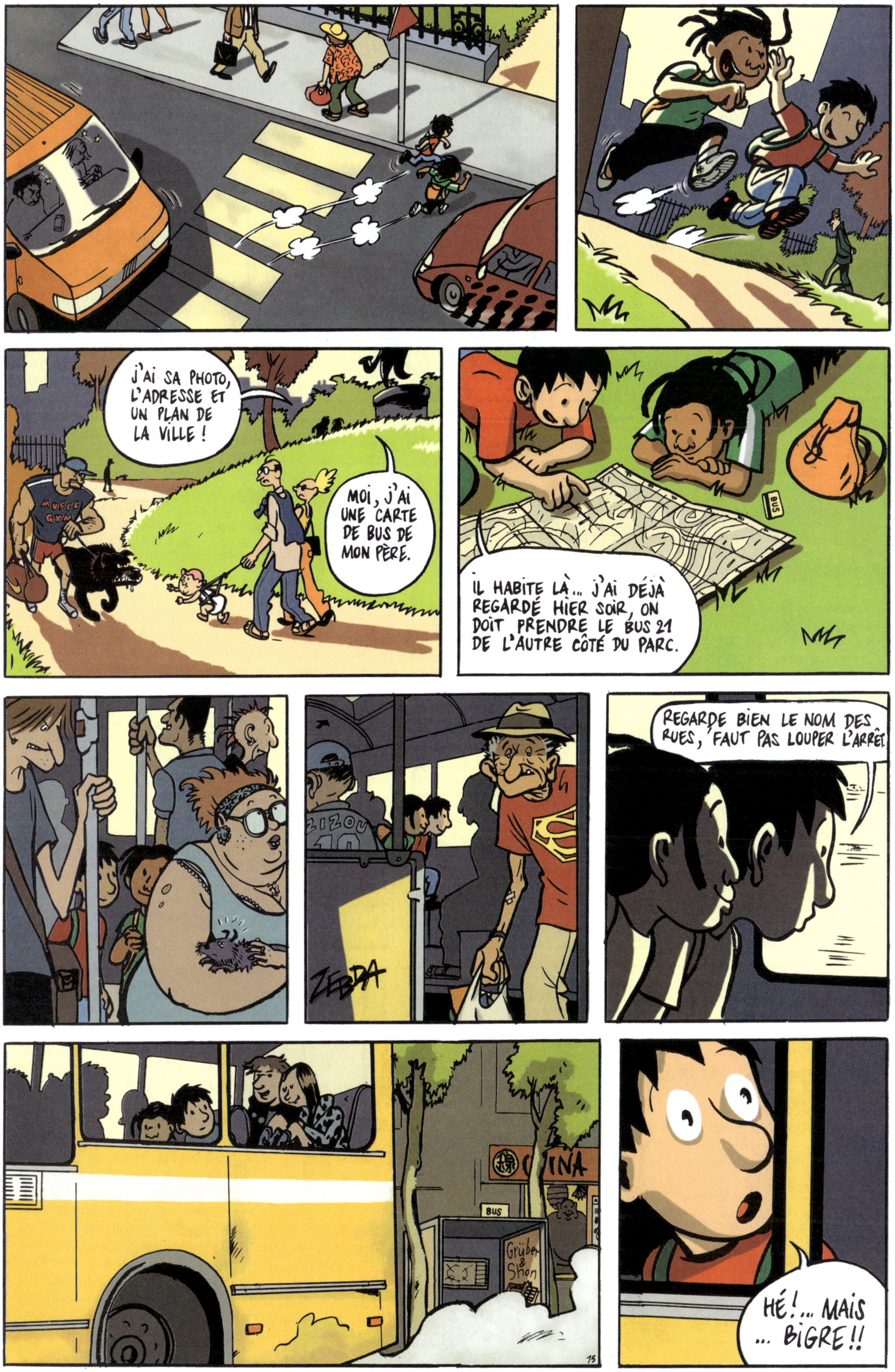
J'AI SA PHOTO, L'ADRESSE ET UN PLAN DE LA VILLE !
MOI, J'AI UNE CARTE DE BUS DE MON PÈRE.
IL HABITE LÀ... J'AI DÉJÀ REGARDÉ HIER SOIR, ON DOIT PRENDRE LE BUS 21 DE L'AUTRE CÔTÉ DU PARC.
BUS
MUSCLE GYM
ZIZOU 10
ZEBDA
REGARDE BIEN LE NOM DES RUES, FAUT PAS LOUPER L'ARRÊT.
CHINA
BUS
Grüber & Shon
HÉ !... MAIS ... BIGRE !!

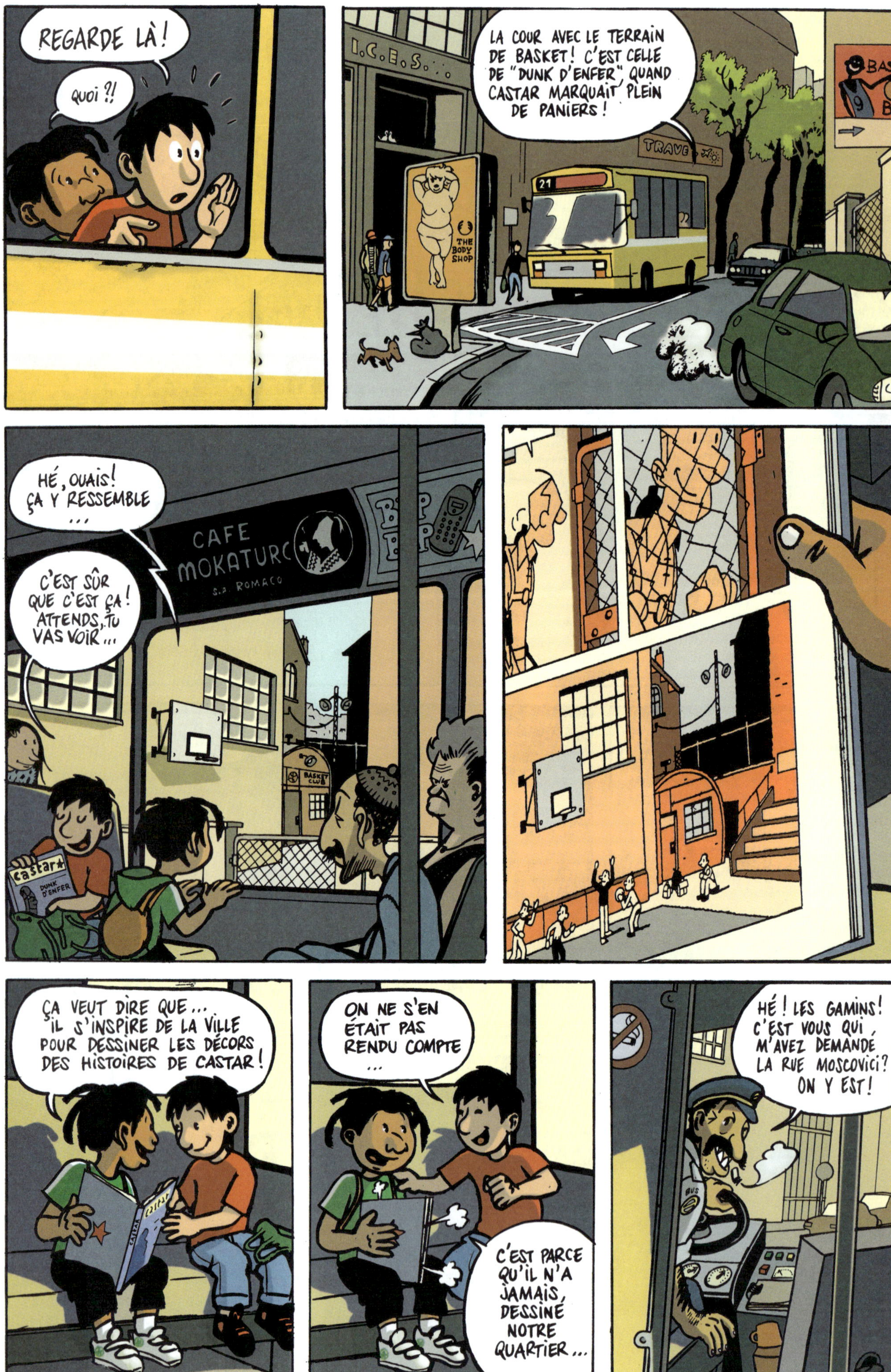
REGARDE LÀ !
QUOI ?!
LA COUR AVEC LE TERRAIN DE BASKET ! C'EST CELLE DE "DUNK D'ENFER" QUAND CASTAR MARQUAIT PLEIN DE PANIERS !
I.C.E.S.
THE BODY SHOP
TRAVE
HÉ, OUAIS ! ÇA Y RESSEMBLE ...
CAFE MOKATURC
s.a. ROMACO
C'EST SÛR QUE C'EST ÇA ! ATTENDS, TU VAS VOIR ...
CASTAR
DUNK D'ENFER
ÇA VEUT DIRE QUE ... IL S'INSPIRE DE LA VILLE POUR DESSINER LES DÉCORS DES HISTOIRES DE CASTAR !
ON NE S'EN ÉTAIT PAS RENDU COMPTE ...
C'EST PARCE QU'IL N'A JAMAIS DESSINÉ NOTRE QUARTIER ...
HÉ ! LES GAMINS ! C'EST VOUS QUI M'AVEZ DEMANDÉ LA RUE MOSCOVICI ? ON Y EST !

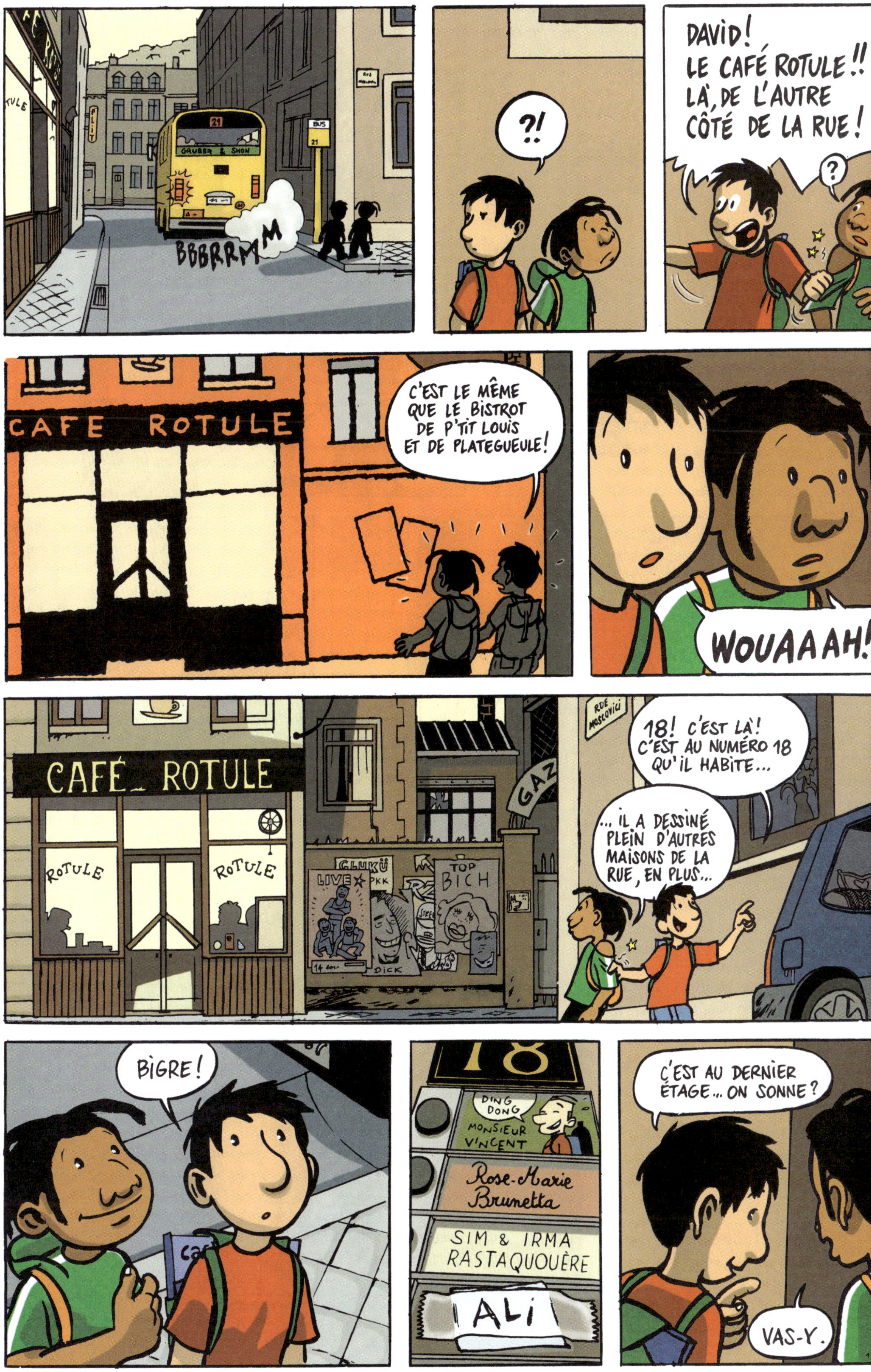
BBBRRMM
?!
DAVID! LE CAFÉ ROTULE!! LÀ, DE L'AUTRE CÔTÉ DE LA RUE!
?
CAFE ROTULE
C'EST LE MÊME QUE LE BISTROT DE P'TIT LOUIS ET DE PLATEGUEULE!
WOUAAAH!
CAFÉ ROTULE
ROTULE
ROTULE
RUE MOSCOVICI
18! C'EST LÀ! C'EST AU NUMÉRO 18 QU'IL HABITE...
... IL A DESSINÉ PLEIN D'AUTRES MAISONS DE LA RUE, EN PLUS...
BIGRE!
18
DING DONG
MONSIEUR VINCENT
Rose-Marie Brunetta
SIM & IRMA RASTAQUOUÈRE
ALI
C'EST AU DERNIER ÉTAGE... ON SONNE?
VAS-Y.

DRiiiiNG!
PERSONNE...
TANT PIS!
ON Y VA !!
ARRÊTE DE TIRER TOUT LE TEMPS SUR MA MANCHE
T'AS CE QU'IL TE FAUT ?
T'INQUIÈTE...
CET INSIGNE DE POLICE OUVRE TOUTES LES PORTES! C'EST À MON PÈRE!
POLICE
CLAC!
SNIF
SNIF

MONSIEUR VINCENT ?
BEURK ! ÇA SENT LE RENFERMÉ !
Y A PERSONNE ? ...
JE VAIS VOIR PAR LÀ ...
RAW
ZIG P
FREEZ 2000
DAVID ! VIENS VITE !
!?
Y A PLEIN DE TRUCS POURRIS DANS SON FRIGO. MAIS J'AI TROUVÉ DU CHOCOLAT !

!!
C'EST ICI QU'IL TRAVAILLE!!
IL Y A DES DESSINS DE CASTAR SUR SON BUREAU!
ON DIRAIT LA SUITE DE L'HISTOIRE AVEC SKETELTON!
WAAAAAH!
OÙ DIABLE CE TUNNEL PEUT-IL BIEN NOUS MENER?
BIGRE! VOILÀ DÉJÀ SKETELTON!
LES DESSINS NE SONT PAS FINIS, L'HISTOIRE N'EST PAS TERMINÉE... IL A DÛ SE PASSER QUELQUE CHOSE...
EN TOUT CAS, IL N'EST NULLE PART ICI... J'AI REGARDÉ SOUS LE LIT, DANS LA SALLE DE BAIN, LA CUISINE, PARTOUT...

EN PLUS, Y A PAS DE TRUCS RENVERSÉS... TU SAIS COMME DANS LES FILMS... SI ON L'AVAIT ENLEVÉ, IL SE SERAIT DÉBATTU, ON AURAIT VU..., J'SAIS PAS MOI...
..., UN VASE CASSÉ, DES LIVRES À TERRE, UN FAUTEUIL RENVERSÉ ...
CASTAR DANS UNE VOITURE DE COURSE !
PIC PIC
ANDRE
SHOOW
ROUERGUE
castar
ET J'AI PAS VU DE SANG... T'AS VU DES TACHES DE SANG QUELQUE PART, TOI ?
COOL ! COOL ! UN PLUTONIEN À MOUSTACHE EN PLASTICINE !
HEM...
..., TU AS DIT QUELQUE CHOSE ?
T'AS VU DES TACHES DE SANG ?
DES TACHES DE SANG !! OÙ ÇA ?!!
NULLE PART ! Y EN A PAS ! IL N'Y A RIEN. SI TU M'ÉCOUTAIS UN PEU ! À MON AVIS, S'IL LUI EST ARRIVÉ QUELQUE CHOSE CE N'EST PAS ICI.
OÙ, ALORS ?
J'EN SAIS RIEN... DANS LA RUE...
DANS LA RUE ?... COMMENT PEUT-ON DISPARAÎTRE DANS LA RUE ?
SCRONTCH SCRONTCH
ATTENDS... IL UTILISE DES ENDROITS DE SON QUARTIER POUR LES DÉCORS DE CASTAR, T'ES D'ACCORD ? ...
ET SI C'ÉTAIT LÀ QU'IL LUI ÉTAIT ARRIVÉ QUELQUE CHOSE ? À L'ENDROIT QU'IL UTILISE POUR L'HISTOIRE AVEC SKETELTON ...
21

TU VEUX DIRE... LA MAISON ?
LA MAISON DE SKETELTON-LE-HAINEUX ! TOUT SE PASSE LÀ !... LA VRAIE DOIT BIEN SE TROUVER QUELQUE PART...
CLAP !
ON VA DEMANDER AUX GENS DU QUARTIER ...
!?
!?
PARDON, M'SIEUR ...
CLAC
!?
GRUBER VOLEUR & SHON SALAUD !
STOP AUX LICENCIEMEN
PON !
ASSEZ
BANG !

KORTATU
BANG!
Un Homme ne se déclasse pas comme un ordinateur, tous les trois ans!
Le Chômeur n'est pas un déchet recyclable!
BON, SI ON ALLAIT DEMANDER AU CAFÉ ROTULE ?
CAFÉ ROTU
BANG!
BRLM
BRLM
FRESH
Leffe
PÉKET de HOUYEU
CIRQUE ZIK
PIXIES
atrap nigô III
QU'EST CE QUE VOUS VOULEZ, LES MÔMES ?
VOUS... VOUS DEMANDER QUELQUE CHOSE, M'DAME. VOUS CONNAISSEZ MONSIEUR VINCENT?
LE DESSINATEUR ? BIEN SÛR ! IL VIENT ICI TOUS LES MATINS.
QUOI ?!
C'EST VRAI ?!
23

ATTENDEZ... À VRAI DIRE... ÇA FAIT UN SACRÉ BOUT DE TEMPS QU'IL N'EST PLUS VENU, MAIS...
DEUX MOIS, C'EST ÇA ?
CROTTE !
DEUX MOIS ? DÉJÀ ? AH OUI, ÇA POURRAIT BIEN FAIRE ÇA... IL N'EST PLUS VENU DEPUIS ...
IBIZA
PHONE PLUS
PRIVÉ
TENEZ, LA DERNIÈRE FOIS QUE JE L'AI VU, IL M'A OFFERT CE DESSIN DE MON CAFÉ !
D'AILLEURS, REGARDEZ... IL S'EST DESSINÉ, C'EST SA PLACE, IL VIENT TOUJOURS LÀ.
DANS LE COIN, LÀ-BAS ...
Pils
DUBLIN
GUINNESS
BEN QUOI ?
HIPS !
ET AUSSI, ON VOUDRAIT SAVOIR SI VOUS CONNAISSEZ UNE MAISON COMME ÇA DANS LE QUARTIER ?
CASTAR
HUM... JE N'EN SAIS TROP RIEN...
Saga
PEUT-ÊTRE... ALLEZ VOIR DU CÔTÉ DE LA RUE MARCUSE. IL Y A DES MAISONS QUI RESSEMBLENT À CELLE-LÀ, PAR LÀ ...
AR

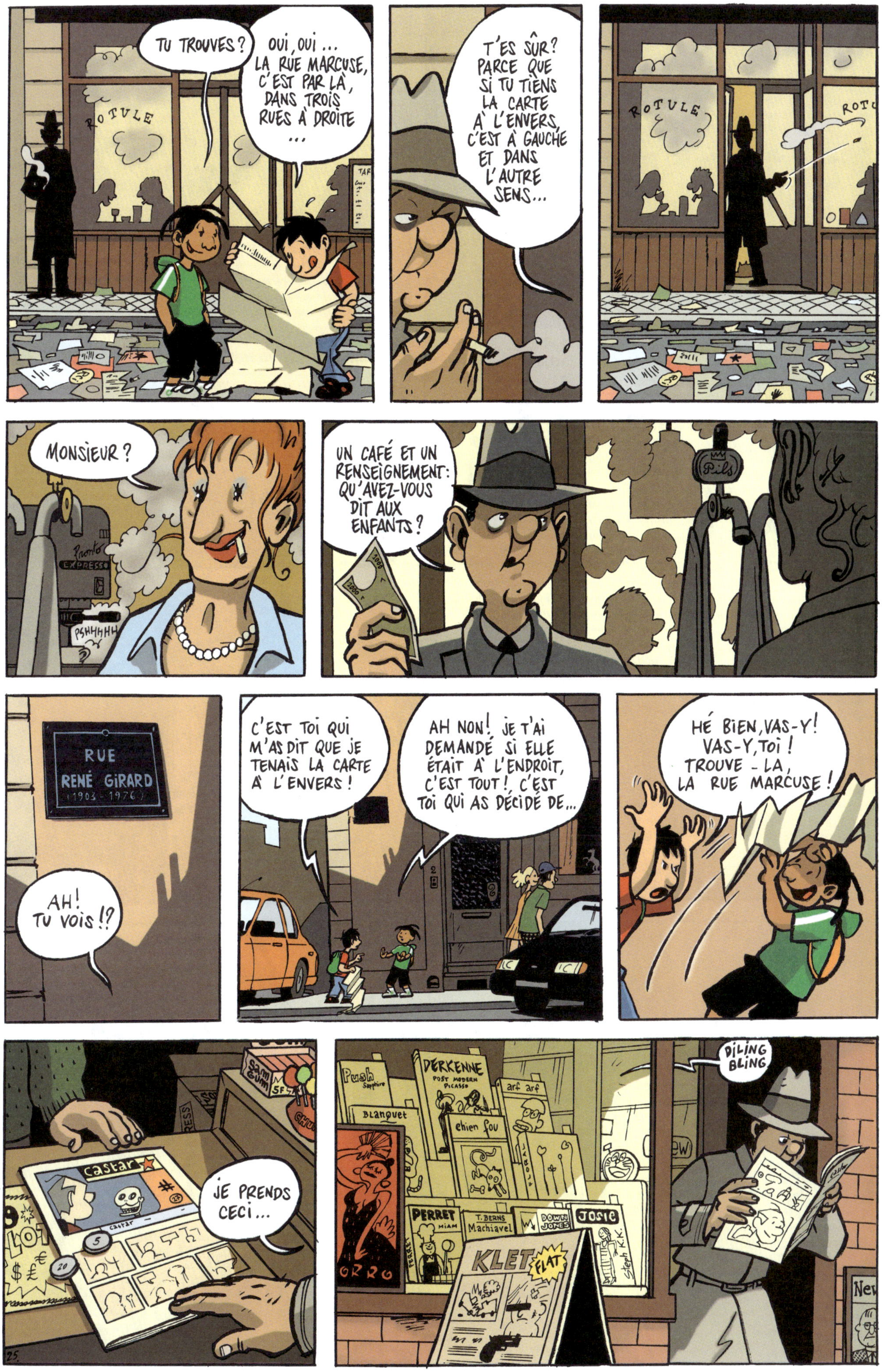

TU TROUVES ?
OUI, OUI... LA RUE MARCUSE, C'EST PAR LÀ, DANS TROIS RUES À DROITE...
ROTULE
T'ES SÛR? PARCE QUE SI TU TIENS LA CARTE À L'ENVERS, C'EST À GAUCHE ET DANS L'AUTRE SENS...
ROTULE
MONSIEUR ?
Pronto EXPRESSO
PSHHHHH
UN CAFÉ ET UN RENSEIGNEMENT: QU'AVEZ-VOUS DIT AUX ENFANTS ?
Pils
RUE RENÉ GIRARD (1903 - 1976)
AH! TU VOIS !?
C'EST TOI QUI M'AS DIT QUE JE TENAIS LA CARTE À L'ENVERS !
AH NON! JE T'AI DEMANDÉ SI ELLE ÉTAIT À L'ENDROIT, C'EST TOUT! C'EST TOI QUI AS DÉCIDÉ DE...
HÉ BIEN, VAS-Y! VAS-Y, TOI ! TROUVE - LA, LA RUE MARCUSE !
castar
JE PRENDS CECI...
DILING BLING
Push
DERKENNE POST MODERN PICASSO
arf arf
Blanquet
chien fou
PERRET
T. BERNS Machiavel
DOWN JONES
Josie
KLET
FLAT

JE RÉITÈRE MA QUESTION : OÙ SONT VOS PRISONNIERS ?
VOUS ÊTES TÊTU, VOUS !
UN INSTANT... JE DESCENDS.
CLAC
HA!
BLANK KLUNT
RUE H. MARCUSE

OUI ?
JE CHERCHE CET HOMME, ON M'A DIT QU'IL VENAIT PARFOIS ICI...
WATJON
JAMAIS VU.
VOUS ÊTES SÛR ? REGARDEZ MIEUX...
VRAIMENT NON, DÉSOLÉ...
BON... TANT PIS. MERCI.
HÉ ! VENEZ UN PEU, VOUS AUTRES !
REGARDEZ, LÀ... CE N'EST PAS UN DÉTECTIVE GRÜBER & SHON, ÇA ?
ON DIRAIT...
C'EST BIEN LEUR STUPIDE IMPERMÉABLE MASTIC !
WOUF !
WATJON
MOI, J'AIME PAS ÇA...
QU'EST-CE QU'IL VOULAIT ?
S'IL VOUS PLAÎT ?
HM ?
S'IL VOUS PLAÎT, VOUS CONNAISSEZ MONSIEUR VINCENT ?
ON A SA PHOTO, REGARDEZ...
27.

HEM...
C'EST PARCE QU'IL A DESSINÉ VOTRE MAISON ... ALORS, ON S'EST DIT QUE ...
WOUF
VOUS CROYEZ QUE GRÜBER & SHON ENGAGENT DES MÔMES POUR LEURS ENQUÊTES ?
SONT CAPABLES DE TOUT, CES COUILLONS !!
WOUF !
QUE SE PASSE-T-IL ? POURQUOI CHERCHEZ-VOUS MONSIEUR VINCENT ?
PARCE QU'IL A DISPARU.
ET SI ON LE RETROUVE PAS, OU, S'IL LUI EST ARRIVÉ QUELQUE CHOSE, QU'EST-CE QU'IL DEVIENDRA, CASTAR ?
JE COMPRENDS, OUI ...
MAIS VINCENT N'A CERTAINEMENT PAS DISPARU ... VOUS AVEZ ÉTÉ VOIR CHEZ LUI ?
OUI. IL EST PAS LÀ !
Y A PERSONNE DEPUIS LONGTEMPS, MÊME !!!
HÉ !?
MAIS ...
LÀ ... LA LAMPE, C'EST ... C'EST LA MÊME QUE ...
VINCENT A DESSINÉ UNE PARTIE DE L'HISTOIRE ICI ...
SKETELTON !
TROP COOL !!
EH, MADAME ? SI JE TOURNE LA LAMPE, Y A UNE TRAPPE QUI S'OUVRE DANS LE SOL ?
JE N'AI JAMAIS ESSAYÉ ... MAIS ÇA M'ÉTONNERAIT !

EN FAIT, VINCENT EST VENU TRAVAILLER ICI PARCE QU'IL EN AVAIT MARRE D'ÊTRE TOUT SEUL CHEZ LUI.
KRÂÂÂK !
?!
HEU... PEUT-ÊTRE CELLES-LÀ, ALORS ?...
TRAVAILLER, TRAVAILLER... ON A SURTOUT BIEN RIGOLÉ ET BIEN BU ...
ON PASSAIT NOS NUITS À DISCUTER EN ÉCOUTANT DES DISQUES...
EN FAIT, ON N'A PAS FICHU GRAND-CHOSE !!
BOYCOTT GRÜBER & SHON
ALORS, COMME EN PLUS, VINCENT NE TROUVAIT PAS DE FIN À SON HISTOIRE, IL EST REPARTI. ET VOILÀ...
MAIS ALORS, OÙ IL EST ?
VA SAVOIR ..., CHEZ D'AUTRES AMIS À LUI PEUT-ÊTRE...
IL VIT SA VIE...
HA...
CHAO DESTINO
la ultima ola...
UP THE PUNX
BON, BEN... VOUS NE POUVEZ PAS NOUS AIDER, QUOI...

HO! C'EST PAS SI GRAVE... VOUS EN AVEZ COMBIEN, DE LIVRES DE CASTAR ?
CINQ, SIX ? PLUS PEUT-ÊTRE ,,, ??
RELISEZ-LES !
VIVA LA VIDA...
MEXICAN FUNERAL ART
PHOTOSHOP 8.3
MOI, MON PÈRE ME DISAIT TOUJOURS : PROFITE D'ABORD DE CE QUE TU AS, LE RESTE ...
GRÜBER SHON
LTS LIVE 04/05/99 CASA NICA
HÉ! LES RÂLEURS!
?!
TENEZ ! CADEAUX !
BIGRE !!
DEUX P'TITS SKETELTONS !!
MERCI !!
IL FAUDRA LES PEINDRE ET LES VERNIR ; COMME ÇA, ILS SE CONSERVERONT PLUS LONGTEMPS !
PERDRE SA VIE A LA GAGNER
à vélo, je suis auto-mobile
HEU... DIS... TON TRUC, LÀ, DANS LA LANGUE... ÇA FAIT MAL ?...
HA, HA, HA ! HO, NON !! JE LE FAIS CLAQUER CONTRE MES DENTS ! C'EST RIGOLO !

?!
T'AS REMARQUÉ ? ILS AVAIENT PLEIN DE PAPIERS COMME CEUX DE LA MANIFESTATION TOUT À L'HEURE...
PEUT-ÊTRE QU'ILS LES FABRIQUENT.
PISCINE
GRRRR!
GRRRRRR!
TU SAIS FAIRE ÇA, TOI ? REGARDE, TU SOUFFLES TRÈS FORT DEDANS ET...
VROPETTE VROPETTE
PFOUUU!
HOP!
OUAAAIS! FACILE!
FLOUPS!
PFOUUU!
SPROUTCH!
SPROUTCH!

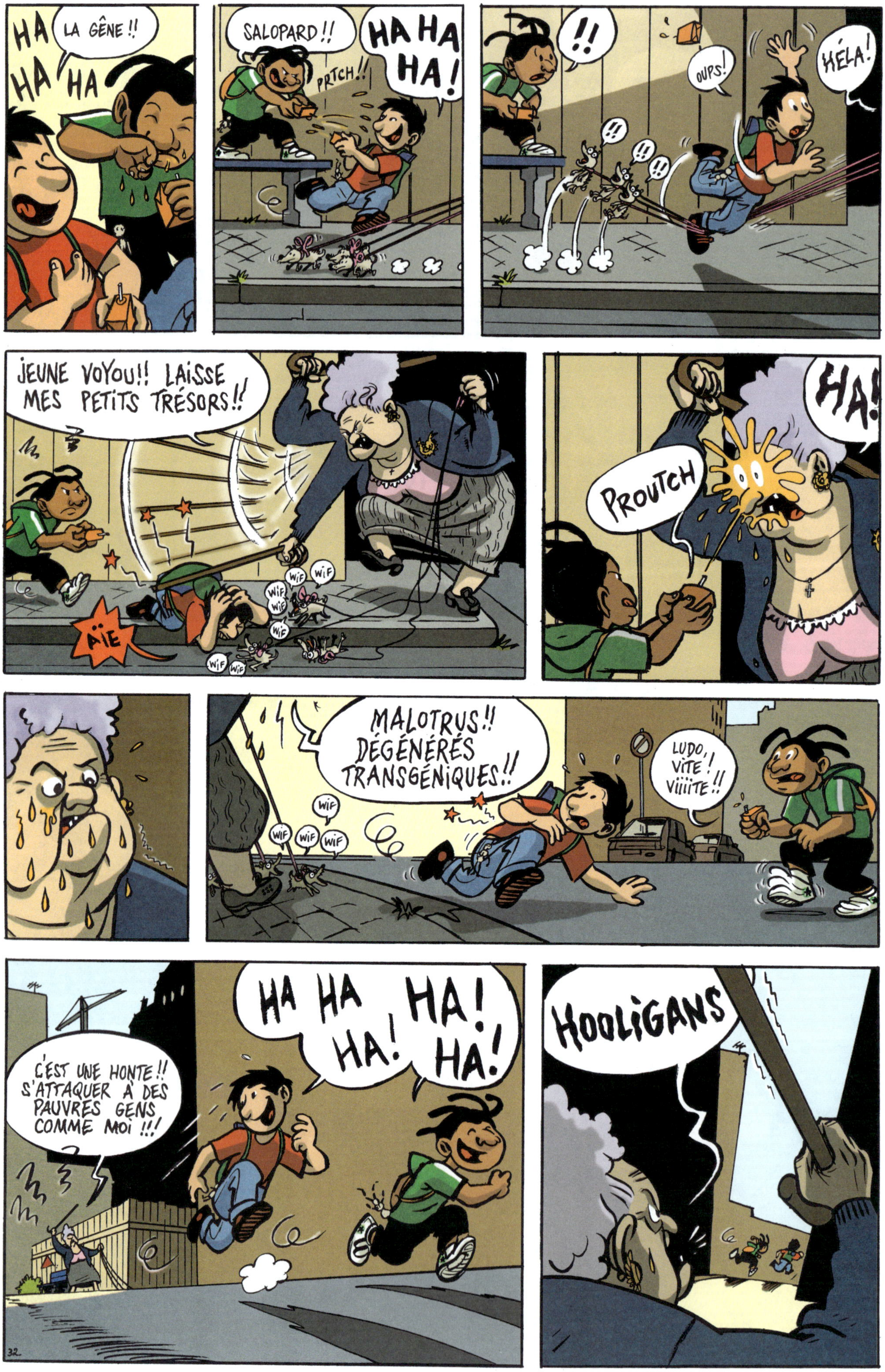
HA HA HA HA
LA GÊNE !!
SALOPARD !!
HA HA HA !
PRTCH !!
!!
OUPS !
HÉLA !
!!
!!
!!
JEUNE VOYOU !! LAISSE MES PETITS TRÉSORS !!
AÏE
WIF
WIF
WIF
WIF
WIF
WIF
HA !
PROUTCH
MALOTRUS !! DÉGÉNÉRÉS TRANSGÉNIQUES !!
WIF
WIF
WIF
WIF
LUDO, VITE ! VIIIITE !!
HA HA HA !
HA ! HA !
C'EST UNE HONTE !! S'ATTAQUER À DES PAUVRES GENS COMME MOI !!!
HOOLIGANS

VOUS AVEZ VU CES VOYOUS ? VOUS AVEZ VU CE QU'ILS M'ONT FAIT ?
GRAINES DE CHÔMEURS !
QU'EST-CE QU'ON FAIT ? ON RENTRE ?
SWISS
CORNERSHOP
PAKI NIGHT
BEN...
POWER
JE SUPPOSE QUE OUI.
RUE RICARDO PETRELLA
LE PROFIT À TOUT PRIX NOUS RUINE
CGSF
YMCA
NON
GRUBER
NON AUX LICENCI
Y A RIEN D'AUTRE À FAIRE...
Grüber & Shon
SUN
G&S mode
GAZET

BAR
AÏE !!! MON PÈRE !
QUOI ?! OÙ ÇA ?
?!
LÀ, AU BOUT DE LA RUE. C'EST SA VOITURE. ET FUGAZZI EST DEBOUT À CÔTÉ !
POLI
SI JAMAIS IL NOUS VOIT ICI ...
ON DIRAIT QUE TU FAIS LA TÊTE, VICTOR ?
JE N'AIME PAS CETTE MISSION.
J'AI L'IMPRESSION QUE TU N'AIMES PAS GRAND-CHOSE DANS LE MÉTIER DE FLIC...
MAIS SI ... ENFIN NON... JE NE SAIS PAS... JE NE SUIS PAS CERTAIN, EN VÉRITÉ, D'ÊTRE FAIT POUR CE BOULOT.
GRÜBER VOLEUR & SHON SALAUD !
TU VOIS, JE ME SUIS ENGAGÉ POUR ÉCHAPPER AU CHÔMAGE... POUR LUDO... POUR PAYER L'APPARTEMENT ...
GRÜBER VOLEUR & SHON SALAUD !

TE BILE PAS, ON EST TOUS DANS CE CAS-LÀ. MOI AUSSI, FLIC, C'ÉTAIT PAS MON RÊVE. MON TRUC À MOI, C'ÉTAIT DE TENIR UN PETIT BISTROT PEINARD, SUR LA CÔTE. TU VOIS...
ON S'HABITUE, TU SAIS...
C'EST BON. ON NE LES VOIT PLUS.
HELIN
MANIFESTATION ANTI GRÜBER & SHON
PODIUM 20.30 OLYMPIA
GUGUSS VS SWAMP THING
MANIFEST ANTI GRÜBER & SHON
CAFÉ
'FAUDRAIT PAS QU'ILS VIENNENT PAR ICI.
VITE, UN BUS! VITE, UN BUS!
BUS
VITE, UN...
BUS
DAVID!
LE TYPE, LÀ, AVEC LE SAC... C'EST... C'EST...
MONSIEUR VINCENT!!!
KGC 777

JE SUIS LUDOTELTON !!!
HA! HA!
JE SUIS INVULNÉRABLE PUISQUE JE SUIS DÉJÀ MORT!
WIF!
WIF!
WIF!
?!
WIF!
WIF!
WIF!
mes trésors!
HAN!
aaaah!
WIF
WIF
WIF
TIENS BON, CASTAR ... J'ARRIVE !!!
CHTON!
F'EST PAS VUFTE, VOUS VÊTES DEUX ET MOI VE FUIS TOUT FEUL!
VE ME VENVERAI VE LE VURE!!
LUDO?
LUDO?

ÇA VA, GAMIN ?
VOUS AVEZ VU ? IL S'EST JETÉ SOUS MES ROUES !
AÏE AÏE AÏE !
IL REPREND CONNAISSANCE !
SENIOR TROPHY VTT 99 TILFF
NRJ
TU AS MAL QUELQUE PART ?
ÇA VA ... JE ...
IL A EU DE LA CHANCE !
IL FAUT LE FAIRE EXAMINER, FAIRE UNE RADIO ...
M... MONSIEUR VINCENT ?
QUELQU'UN POURRAIT-IL NOUS EMMENER À L'HÔPITAL ?
HÔPITAL
HALL
JE N'ARRIVAIS PLUS À ÉCRIRE NI À DESSINER. J'EN AVAIS MARRE DE TOUT ...
COMME UNE DÉPRESSION, ALORS ?
SI TU VEUX ... C'EST POUR ÇA QUE J'AI TOUT LARGUÉ ET QUE JE SUIS PARTI EN VACANCES SANS PRÉVENIR PERSONNE ...

JE ME DISAIS : APRÈS TOUT, JE FAIS UN MÉTIER LIBRE, JE DESSINE QUAND JE VEUX, OÙ JE VEUX ET SI JE VEUX ! ET PERSONNE N'A À ME DIRE CE QUE JE DOIS FAIRE... SURTOUT PAS GRÜBER & SHON !
ET EN FAIT, J'OUBLIAIS L'ESSENTIEL : TOI ! TOI, LUDO ET TOUS LES AUTRES LECTEURS DE CASTAR...
LE PAUVRE, IL VA SE METTRE À PLEURER !
IL AURA FALLU QUE LE JOUR OÙ JE RENTRE, CETTE VOITURE RENVERSE LUDO POUR...
DAVID !!
?
DAVID ! OÙ EST-IL ?
MONSIEUR...?
IL FAIT DES RADIOS !
C'EST MOI QUI VOUS AI TÉLÉPHONÉ.
COMMENT EST-CE ARRIVÉ, DAVID ? QUE FAISIEZ-VOUS LÀ ? VOUS SAVEZ BIEN QU'IL VOUS EST INTERDIT DE QUITTER LE PARC, NON ?
CHÉRI...
J'AI L'IMPRESSION QUE TOI ET LUDO, VOUS ...
CHÉRI !
HO ! ET CESSE DE ME TIRER PAR LA MANCHE !!
TU SAIS QUE ÇA M'ÉNERVE QUAND TU FAIS ÇA !...
MONSIEUR VINCENT ?
38

VEUILLEZ ME SUIVRE, S'IL VOUS PLAÎT, MESSIEURS GRÜBER & SHON DÉSIRENT S'ENTRETENIR AVEC VOUS.
MAINTENANT ?
ILS VOUS ATTENDENT DEHORS.
G51
TOI, TU RESTES ICI.
!?
J'ESPÈRE QUE VOUS NOUS AVEZ BIEN COMPRIS, CETTE FOIS ?

271
ET ALORS ?
IL A TROIS JOURS POUR TERMINER L'HISTOIRE. SINON GRÜBER & SHON NE PUBLIERONT PLUS JAMAIS DE B.D. DE CASTAR ET MÊME, ILS L'EMPÊCHERONT DE LES PUBLIER AILLEURS !!!
40
ILS PEUVENT ?!
'FAUT CROIRE...
... DE RASSURANT, AUCUNE LÉSION NI HÉMATOME QUI...
GRÜBER & SHON
VOLEUR SALAUD !
LE PIRE, C'EST QU'IL NE SAIT TOUJOURS PAS COMMENT FINIR SON HISTOIRE !
JACK
castar
40

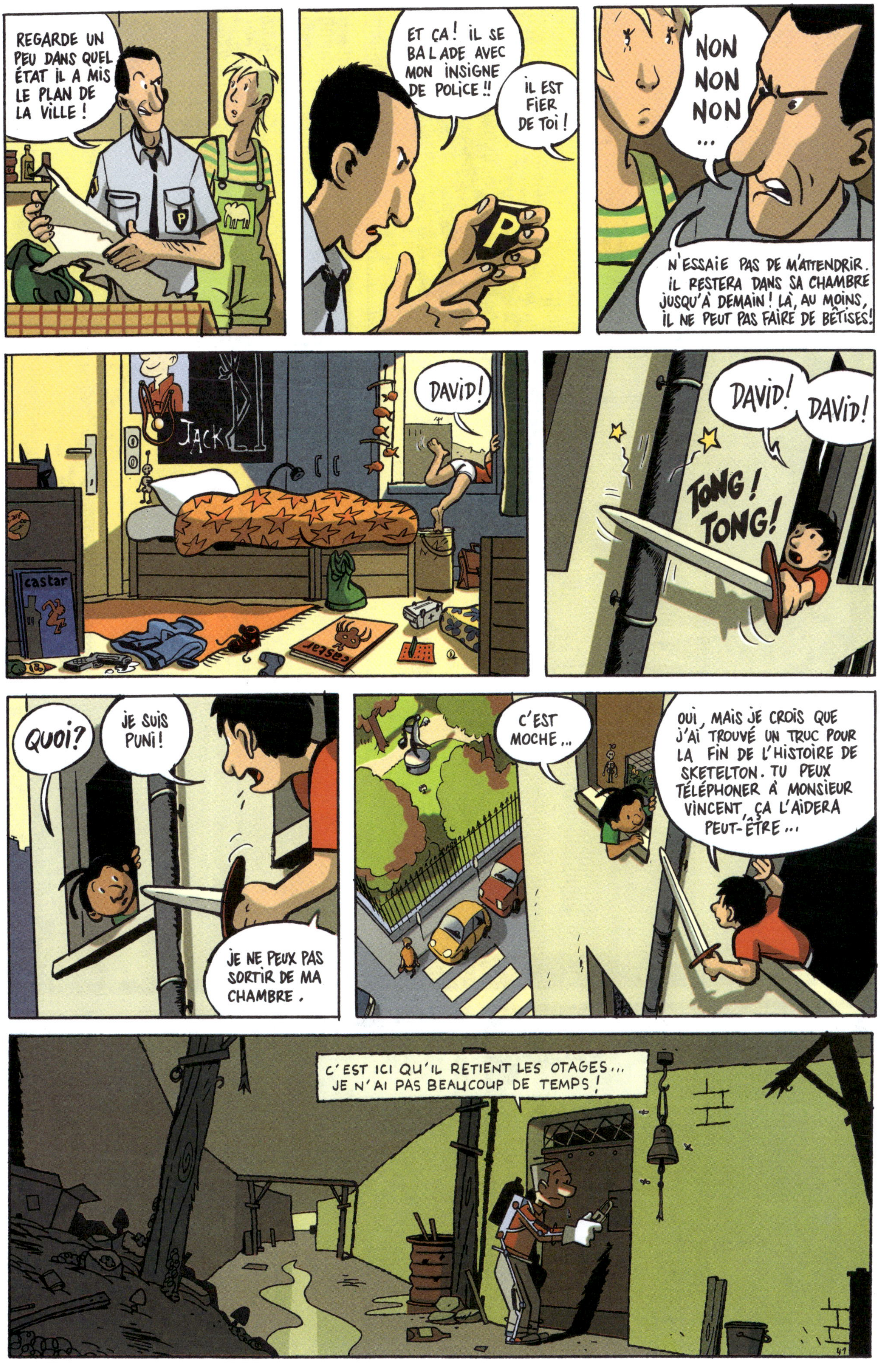

REGARDE UN PEU DANS QUEL ÉTAT IL A MIS LE PLAN DE LA VILLE !
ET ÇA ! IL SE BALADE AVEC MON INSIGNE DE POLICE !!
IL EST FIER DE TOI !
NON NON NON …
N'ESSAIE PAS DE M'ATTENDRIR. IL RESTERA DANS SA CHAMBRE JUSQU'À DEMAIN ! LÀ, AU MOINS, IL NE PEUT PAS FAIRE DE BÊTISES !
JACK
castar
DAVID !
DAVID !
DAVID !
TONG ! TONG !
QUOI ?
JE SUIS PUNI !
JE NE PEUX PAS SORTIR DE MA CHAMBRE.
C'EST MOCHE…
OUI, MAIS JE CROIS QUE J'AI TROUVÉ UN TRUC POUR LA FIN DE L'HISTOIRE DE SKETELTON. TU PEUX TÉLÉPHONER À MONSIEUR VINCENT, ÇA L'AIDERA PEUT-ÊTRE…
C'EST ICI QU'IL RETIENT LES OTAGES… JE N'AI PAS BEAUCOUP DE TEMPS !

SKRANK
JE VIENS VOUS LIBÉRER, SORTEZ VITE !
HAHAHAHAHA
HAHAHAHAHA !
QU'IMPORTE, CASTAR ! QU'ILS S'EN AILLENT ! J'EN KIDNAPPERAI D'AUTRES DEMAIN ! HAHAHAHAHA
VOUS N'EN AUREZ JAMAIS FINI AVEC MOI !
DANGER
C'EST UN CUL-DE-SAC !!! ON EST COINCÉS !
NON, IL DOIT Y AVOIR UNE SORTIE, TROUVEZ-MOI UN LEVIER OU UNE ...
LÀ, AU PLAFOND !

DÉPÊCHEZ-VOUS, IL N'OSERA SANS DOUTE PAS SE MONTRER AU GRAND JOUR !
NOUS SOMMES SAUVÉS !
MERCI, INSPECTEUR CASTAR, SANS VOUS, NOUS...
? ? ?
MAIS, IL Y A FOULE ICI !
JE NE SAIS OÙ DONNER DE LA TÊTE ! QUI VAIS-JE ATTRAPER EN PREMIER ?
AU SECOURS !
HAA !
NOOON !
KRAK

♫
?
?
NONOS, LES CHIENS ! VOILÀ DES BONS NONOS ! ... ALLEZ-Y !
!
NON !
SALOPARD, CASTAR ! PAR LA SAINTE MOELLE, TU ME LE PAIERAS !
ET TOI, LÂCHE-MOI, ESPÈCE DE CABOT DÉBILE !
44

CASTAR, EMPÊCHE-LE ! JE T'EN PRIE !
DÉSOLÉ, SKETELTON.
NON !
MBLMMLMMR ! BLMMBRMMLN !
VOILÀ, C'EST TERMINÉ.
TOUT ÇA GRÂCE À CE SIFFLET À ULTRASONS ...
... C'EST BIEN LA PREMIÈRE FOIS QUE JE TERRASSE UN MALFAISANT SANS UTILISER LE MULTIPLICATEUR DE FORCE ...
FIN
MERCI À DAVID & LUDO !
BRAVO !
LONGUE VIE À CASTAR !!
ROTULE
ET PUIS, JE VOUDRAIS SURTOUT VOUS PRÉSENTER ALICE, LA PRINCIPALE RESPONSABLE DE MON ABSENCE INJUSTIFIÉE.
NOUS NOUS SOMMES RENCONTRÉS AU DÉBUT DE MES VACANCES IMPROVISÉES ...
castar CONTRE SKETELTON

AUJOURD'HUI NOUS AVONS DÉCIDÉ DE VIVRE ENSEMBLE!
BANG!
CHAMP
BANANANA BANANANA SPLIT! HOO!
BANANANA
star
STILL LOVING YOUUUUUU
THE CLASH
MANO NEGRA
castar
2
17
93
CASTAR CONTRE LA MÉDUSE ARITHMÉTIQUE
43
99
3478
FIN
Mathy·Bailly·Lapière 1999